LES ETRENNES DES ACTEURS DES THEATRES DE PARIS;

CONTENANT

Leurs Noms, Portraits & Caracteres.

A PARIS,

Chez DELORMEL, Quai des Auguſtins, au Nom de Jeſus.

M. DCC. XLVII.

AVEC APPROBATION ET PERMISSION.

AUX SPECTATEURS,

EPITRE.

On vous vit de tout tems être des bons Acteurs,
Les sinceres admirateurs ;
Ils sont pour vous des personnages
Dignes des plus zélés suffrages.
Une Actrice toujours, dont la voix, ou les yeux,
Seconde un jeu naïf & sage,
Mérite le plus tendre hommage,
Et l'applaudissement des Mortels & des Dieux.
C'est à vous, Parterre équitable,
Que doit s'adresser mon Recueil,
A vous, qui sçavez faire, au talent estimable
Un généreux & tendre accueil.

EPITRE.

Vos ſifflets ont ſouvent fait des Acteurs d'élite,
Vous corrigez, au gré de vos deſirs,
Vous faites briller le mérite,
Et vous formez vous-même vos plaiſirs.

ACADEMIE ROYALE DE MUSIQUE.

Monsieur JELIOTTE, *jouant dans les Indes Galantes.*

L eſt, quand je me les rappelle,
Certains momens, *Dieux! quels momens!*
Entendit-on jamais une voix auſſi belle?
Où ſuis-je? & qu'eſt-ce que j'entends?
Ah! c'eſt un Dieu qui chante, écoutons, il m'enflame.
Juſqu'où vont les éclats de ſon goſier flateur?
Sur l'aîle de ſes ſons je ſens voler mon ame,
Je crois des immortels partager la grandeur.
La voix de ce divin Chanteur
Eſt tantôt un Zephir, qui vole dans la plaine,
Tantôt c'eſt un Volcan qui part, enleve, entraîne,
Et diſpute de force avec l'art de l'Auteur.

Monsieur DE CHASSÉ.

DIeux ! jusques à quel point & la nature & l'art
De tes heureux talens font briller les merveilles !
Ta voix charme si bien les sçavantes oreilles,
Que nous croyons toujours entendre *Thevenard*.

Mademoiselle CHEVALIER.

QUand vous n'étiez qu'une petite fille,
Je prévoyois dès-lors que vous seriez gentille,
Que vous vous feriez admirer,
Avec grace déja vous chantiez mes paroles,
Vous n'aimiez pas les fariboles,
Et mon esprit osoit vous adorer.
Tout à coup, *Apollon*, les graces, la sagesse,
Vous ont enlevée à mes yeux :
Je ne vois plus en vous qu'une jeune Déesse,
Que la vertu place à côté des Dieux.

Mademoiselle FEL.

SItôt que le Soleil paroît sur l'horison,
On voit les Astres disparoître ;

L'éclat de leur ſouverain Maître
N'admet point de comparaiſon.
FEL, connoiſſez votre avantage,
Votre deſtin eſt bien plus doux ;
Car vous partagez notre hommage,
Lorſque l'Amour chante avec vous.

Mademoiſelle CAMARGO.

QUe tes attitudes brillantes,
Peintures vives & parlantes,
Forment des tableaux excellens !
On ne connoiſſoit pas encore
Tous les charmes de *Terpſicore* ;
Quand on ignoroit tes talens.
Tu n'es que trop sûre de plaire ;
Eh ! comment ne plairois-tu pas ?
Ta jambe ſeule a plus d'appas
Que n'en raſſemble tout Cythere :
Sur la Scene, qu'elle eſt légere !
Que les mouvemens en ſont fins !
Tel *Zephire*, dans les Jardins,
En cherchant les faveurs de *Flore*,
Voltige, au lever de l'*Aurore*,
Sur les Roſes & les Jaſmins.

Les yeux éblouis, ſur tes traces,
N'en ſuivent qu'à peine le cours;
Tes pas, enviés par les Graces,
Sont applaudis par les Amours.

Mademoiſelle DALLEMAND,
LOGOGRYPHE.

UNe Danſeuſe a du talent,
Elle plaît, & j'aurois, je penſe,
Si je la paſſois ſous ſilence,
Quelque querelle d'Allemand.

Meſſieurs JAVILLIERS.

TOus trois ils font des caprioles,
Que la Nature & l'Art enfantent pour charmer;
Ils ſçavent tous trois, ſans paroles,
Plaire, émouvoir, attendrir, animer.

Mademoiſelle LE BRETON.

TElle eſt, quand je te vois, l'ardeur qui me tranſporte,
Que je ne puis démêler qui l'emporte,

Ou de la beauté de tes pas,
Ou de l'éclat de tes appas.

Monsieur CUVILLIER.

AVec ta comique figure,
Quand de femme on te voit l'habit,
Tu fais bien voir que la Nature,
En tout pour nous plaire te fit.

Mademoiselle METS, Logogryphe.

LEcteur, sans vous donner une peine infinie,
Dans votre mémoire cherchés;
Et dans l'un des *trois Evêchés*
Vous trouverez le nom d'une Actrice jolie.

Mademoiselle PUVIGNE', dansant la Rose dans le Ballet des fleurs.

ENfant, pour qui la Nature
Epuisa tous ses trésors,
Sous une aimable posture
Tu prens tes premiers efforts.

Que ton talent est sublime !
L'œil, qu'il frape, en est surpris;
Mais, quand Zéphir te ranime,
Le cœur en sent tout le prix !

Monsieur LEPAGE, Logogryphe.

CErtain Gentilhomme futé,
Qui se plaît beaucoup au tapage,
Nous désigne un Chanteur vanté,
Qui des Rois fait le personnage.

Monsieur BERARD.

B*Erard* est excellent Chanteur,
Sa voix est gracieuse & tendre :
A ce talent sublime il joint l'art d'être Acteur,
Ce qui fait que l'on aime à le voir & l'entendre.

Mademoiselle COUPÉE, Logogryphe.

CHarmante Nymphe, à l'œil finet,
Mignonne comme une poupée,
La langue qui ne te loueroit
Mériteroit d'être coupée.

Mademoiselle SAUVAGE.

VOus formez de ſi jolis pas
Qu'on vous croit Terpſicore même :
Déja mes yeux admiroient vos appas,
Quand *Babichon* étoit femme de *Nicodême*.

Monſieur POIRIER.

O Les beaux ſons, les doux éclats,
Qu'une voix admirable enfante !
De l'entendre on n'eſt jamais las,
C'eſt ſans doute *Apollon* qui chante.

Monſieur LATOUR, Logogryphe.

D'Un Chanteur, vanté juſtement,
La voix eſt touchante & flexible ;
L'on voit dans ſon nom ce qui rend
Montlheri de loin fort viſible.

Mademoiselle ROMAINVILLE.

DE vos traits l'œil eſt enchanté,
De vos talens l'ame eſt épriſe;
Et ſans qu'ici je me déguiſe,
Je ſuis également flaté
De votre voix & de votre beauté.

Monſieur DUPRE'.

LA Nature ſi bien l'anime & le décore,
Que l'art même en paroît ſurpris:
En lui l'on croit voir l'Amant de *Cypris*,
Ou le mari de *Terpſicore.*

Mademoiſelle St. GERMAIN.

PAr les pas légers que tu traces,
Tu ſçais nous charmer chaque jour:
Ta beauté raſſemble les graces,
Qui de Venus formoient la Cour.

LES CHŒURS.

Vous, qui chantez, vous, qui danſez en choeur,
Que le talent marqué raſſemble,
Permettez-moi, pour finir mon labeur,
De vous marier tous enſemble.

COMEDIE FRANCOISE.

Mademoiselle GAUSSIN.

LE Dieu des Vers, qu'on alloit dédaigner,
Eſt, par ta voix, aujourd'hui sûr de plaire.
Le Dieu d'Amour, à qui tu fus plus chere,
Eſt, par tes yeux, bien plus sûr de régner.
Entre ces Dieux déſormais tu vas vivre :
Helas ! long-tems je les ſuivis tous deux ;
Il en eſt un que je ne puis plus ſuivre.
Heureux cent fois le Mortel amoureux
Qui, tous les jours, peut te voir & t'entendre,
Que tu reçois avec un ſouris tendre,
Qui voit ſon ſort écrit dans tes beaux yeux,
Qui meurt d'amour, qui te plaît, qui t'adore,
Qui pénétré de cent plaiſirs divers,
A tes genoux, oubliant l'Univers,
Parle d'amour, & t'en reparle encore ;
Mais malheureux qui n'en parle qu'en Vers !

Mademoiſelle LA MOTTE.

ELle ſçait rendre, avec un ton charmant,
Une *braillarde*, une *commere* ;
Et dans le Rolle de *Meuniere*
Elle me plaît beaucoup jouant avec *Armand*.

Mademoiſelle DUMESNIL.

SUr les pas enchanteurs de la belle *Dufreſne*,
Gauſſin paroît avec ſplendeur ;
Mais qui poura rendre à la Sçene
L'incomparable *le Couvreur* ?
Que dis-je ? une nouvelle Reine
Du Théâtre François rétablit la grandeur.
Non, tu n'es point une Mortelle,
Illuſtre *Dumeſnil*, tes regards pleins de feux,
Ton port fier & majeſtueux
D'un être plus qu'humain ſont l'image fidelle.
Ta déclamation, exempte de défauts,
Inſpire, à mon ame ravie,
Un ſentiment qui l'extaſie,
Et tes geſtes jamais ne tomberent à faux.
Par toi la jalouſe *Roxane*

Nous a fait trembler mille fois ;
A la fureur de *Phedre*, aux plaintes d'*Ariane*,
Quelle autre eût mieux prêté sa voix ?
Tes yeux sçavent verser les pleurs de *Cornelie*,
Et lancer sur *Joas* les regards d'*Athalie*.
Oui, chere *Dumesnil*, c'est toi
Qui, sans fard, & sans imposture,
Sçais si bien peindre la Nature :
Tu remplis tous nos sens de tendresse & d'effroi.
Par ces pleurs, par un sort si triste,
Merope pour son fils a sçû nous allarmer :
Eh ! qui pourroit ne point aimer
La veuve de *Cresphonte*, & la mere d'*Egiste* ?

Monsieur GRANDVAL.

QUoi, cher Grandval, jamais la Reine de Cythere
N'a fait chanter tes talens enchanteurs ?
Toi qui brilles dans l'art de plaire,
Qui charmes à la fois & les yeux & les cœurs,
Les Dames ne t'ont point offert de Vers flateurs ?
J'en pénétre le fin : il est aisé de croire,
Que tu ne peux jouer sans causer leurs desirs ;
A te louer, elles mettroient leur gloire,
Mais le beau Sexe est fait pour taire ses plaisirs.

Mademoiselle GRANDVAL.

DE la belle *Gaussin*, mon cœur chérit les charmes,
De l'aimable *Grandval* j'admire les talens :
Toutes les deux, en de certains instans,
Me font rire, ou verser des larmes.

Mademoiselle DANGEVILLE.

ON m'a conté que depuis quelque tems,
Au Dieu d'Amour il a pris fantaisie
De venir en ces lieux jouer la Comédie,
Et d'attaquer les cœurs par de rares talens.
Aux Dieux toute chose est facile.
Or donc, sans rien changer à son maintien fripon,
Il a pris le sexe & le nom
De la charmante *Dangeville*;
C'est un secret qu'au Parnasse j'ai sçû;
Je voulois en faire un mistere :
Mais, bon ! il est bien tems de taire
Ce dont chacun s'est apperçû.

Mademoiselle GAULTIER, *au sujet du Rossignol, qu'elle chanta dans Zénéide.*

J'Ai vû le Rossignol à vos pieds trébucher.
De votre voix la douceur infinie
A fait pour vous la balance pancher.
Triomphés en ce jour, Eléve de *Thalie*,
Le Roi même de l'harmonie
A votre char est venu s'attacher.

Mademoiselle CLAIRON.

QUelle grace! quel feu! quelle aimable peinture!
Clairon, tu réunis, dans ton jeu séducteur,
Ce que l'Art joint à la Nature,
Peut former de plus enchanteur.
Cent fois, te voyant sur la Scene,
Ravir les suffrages divers,
J'ai cru que c'étoit *Melpomene*,
Qui récitoit ses propres Vers.

Monſieur ARMAND.

ARmand, Ecuyer de Thalie,
Tu ſçais mêler l'agréable folie
Au ſérieux le plus charmant :
Soit que tu danſes, que tu chantes,
Tu gagnes le Public, tu lui plais, tu l'enchantes,
Et tous les cœurs ſont pour *Armand.*

Monſieur SARRAZIN.

QUoique *Riccoboni* dans *Agnès* faſſe rire,
En contrefaiſant *Sarrazin* ;
Quand il nous repréſente un Empereur Romain,
Malgré la critique il inſpire,
Je ne ſçai quoi de doux qui pénètre le cœur,
Et qui decide aſſés que c'eſt un grand Acteur.

Monſieur DE LA THORILLIERE.

IL rend au mieux un Financier,
Un radoteur, un ridicule pere ;
On applaudit *la Thorilliere*,
Et toujours il a fait auſſi-bien ſon métier.

Monsieur POISSON.

QUel air ! quel ton ! quelle encolure !
Je crois qu'il fût exprès taillé
Pour que tout benêt fût raillé
Sous son admirable figure.

Monsieur LE GRAND.

L*E Grand* n'est pas un grand garçon,
Mais sa voix est grande & très-belle :
Quand il fait un récit très-bon
Bien-tôt l'eau baigne ma prunelle,
Et dans plus d'un Rolle il excelle,
J'ai le Public pour caution.

Monsieur & Madame DUBREUIL.

D*Ubreuil* fait bien un raisonneur,
Sa femme fait bien une mere;
Chacun d'eux dans son Rolle est toujours nécessaire,
Et sont aimés du Spectateur.

Mademoiſelle CONNELL.

DE *Thalie*, & de *Melpomene*,
Elle ſuit les pas tour à tour;
Surtout on l'aime ſur la Scene,
Portant le carquois de l'Amour.

Monſieur BONNEVAL.

B*Onneval* me ſemble eſtimable,
Il poſſéde très-bien ſon art;
Il eſt doux, gracieux, affable,
Et me plaît beaucoup en Vieillard.

Monſieur DE LA NOUE.

L*A Noue*, à l'art d'un excellent Acteur,
Joint un talent plus eſtimable;
Apollon, pour lui favorable,
Sur l'*Hélicon* l'a placé comme Auteur.

Monsieur BARON.

J'Ai vû jouer le grand *Baron*,
Ah ! c'étoit un Acteur unique ;
Il faisoit trembler la critique,
Et je te trouve heureux de jouir de son nom.

Monsieur DUBOIS, Logogryphe.

IL déclame avec beaucoup d'art,
Celui dont le nom vous présente
Ce qu'à la Porte saint Bernard
Dans la membrure on met en vente.

Monsieur ROZELLI.

LE Public connoisseur convient que *Rozelli*,
Est un Comédien extrêmement joli :
En vain, on cherchera, dans toutes les Provinces,
Quelqu'un qui puisse mieux représenter les Princes.

Mademoiselle LAVOY.

LAVOY charme par sa figure ;
Elle a reçû de la Nature
Tout ce qu'il faut pour plaire au Spectateur :
Elle danse déclame, chante,
Et pour faire une confidente,
C'est ce que l'on a de meilleur.

Monsieur DROUIN.

QUand encore au rang des enfans
Tu t'exerçois à l'Opera Comique,
Tu promettois de grands talens ;
Par ton jeu noble, pathétique,
Des Connoisseurs tu sçais te faire aimer,
Et par tes mœurs tu te fais estimer.

Monsieur D'ANGEVILLE.

DAns les Rolles de caractere,
De son oncle il a fait revivre les talens,
Pour les niais il est fortnécessaire,
Les caustiques en sont contens.

Monsieur DESCHAMPS.

LEs valets sont par lui joués avec finesse,
Il est gracieux & charmant,
Peut-il ne pas avoir de la délicatesse,
Puisqu'à la piste il suit *Armand*.

Monsieur PAULIN.

P*Aulin* posséde un très-beau son de voix,
Dont il tire un grand avantage;
Et s'il veut bien ne perdre pas courage,
Qui mieux que lui pourra faire les Rois?

Mademoiselle MELANIE.

COurage, belle *Mélanie*,
Le Public connoisseur admire vos essais:
Vous joignés à beaucoup d'attraits,
Toutes les graces de *Thalie*.

Monsieur DEVOS.

TA vigueur au talent eſt ſi bien analogue,
Que peu de grands Danſeurs peuvent te ſurpaſſer :
Tu mis chés les François les grands Ballets en vogue,
Te faiſant Acteur pour danſer.

COMEDIE ITALIENNE.

Mademoiselle SILVIA.

BRillante Eléve de *Thalie*,
Les ris, les jeux accompagnent ſes pas,
Et la ſageſſe & la folie
Lui doivent tour à tour leurs plus charmans appas:
Elle connoît de l'Art les beautés les plus vives,
Elle ſçait lui donner des loix ;
Sur tous les cœurs elle a des droits,
Et les graces ſont ſes captives.

Monſieur RICCOBONI.

ACteur, Danſeur, Auteur, il eſt un vrai *Prothée*,
C'eſt un *Enciclopede*, & qui n'ignore rien,
Quand je le vois mon ame eſt enchantée ;
En chaque genre enfin il eſt Comédien.

Madame RICCOBONI.

BElle *Riccoboni*, mon œil ſurpris t'admire,
Il n'eſt fixé ſur toi que par un beau délire.
Que je porte d'envie au ſort de ton Amant,
Quoiqu'il n'ait pour objet qu'un ſimple amuſement !
Mais ſitôt que je vois, à la fin de la Piéce,
Que ta main eſt le prix d'une feinte tendreſſe,
Je ceſſe d'envier un ſort trop peu charmant,
Et j'oſe tout attendre un jour du ſentiment.

Monſieur DE HESSE.

COnnoiſſant à fond le Théâtre,
Il en compoſe l'ornement ;
Le Public en eſt idolâtre,
Et le trouve toujours charmant.
Il rit avec tant de juſteſſe,
Qu'enchanté, tout le monde rit,
Et ſes larmes ont tant d'adreſſe,
Que la vertu même en ſourit.

Mademoiselle FLAMINIA.

LEs Connoiſſeurs, ce Public reſpectable,
Que le vrai ſeul touche, ravit,
Vous trouveront beaucoup d'eſprit,
Des ſentimens, un génie admirable.
Oui, ſçavante Flaminia,
Sur la Scene italique en vain on cherchera
Une Actrice à vous comparable.
Tous les Spectateurs de ces lieux
Ne connoîtront jamais les vrais préſens des Dieux.

Monſieur MARIO.

IL eût toujours le jeu ſéduiſant & flateur,
Et l'honneur en tout tems l'anime;
Des gens de bien il a l'eſtime,
Ce qui joint le mérite aux talens de l'Acteur.

Monsieur STICOTTI.

QUoique par son Rolle il le semble,
Sticotti vraiment n'est pas sot;
Et tant qu'il joura le *Pierrot*,
Sa figure & son jeu quadreront bien ensemble.

Monsieur BENOZZI.

B*Enozzi*, Docteur lanternon,
Dans ce Rolle a trouvé le sûr moyen de plaire;
Mais avouons que le compere
Joue à ravir du violon.

Madame DEHESSE.

DAns l'art flateur de *Terpsicore*,
Elle réunit tous les goûts;
La vertu seule la décore
De cet air qui paroît si doux:
Qu'une *Agnès* parle par sa bouche,
Elle charme, saisit & touche;
Et quand elle exprime l'Amour,
Chacun le ressent à son tour.

Mademoiselle BIANCOLELLI, *sur son début en* 1738.

Belle *Therese*, à l'utile leçon,
Un doux penchant guide votre raison.
De vos progrès, mon ame trop charmée,
Sçait applaudir à votre renommée,
Qui fait grand bruit dans le sacré vallon.
Chaque Rimeur, pour vous, sur l'*Hélicon*,
Cueille des fleurs sur les pas d'*Apollon* :
Belle *Therese*.
Vous possédés à seize ans, geste, ton,
Beau naturel & maint autre heureux don.
Des Spectateurs, à la ville être aimée,
Etre à la Cour bien reçue, estimée,
Sont des faveurs qui vont vous faire un nom,
Belle *Therese*.

Mademoiselle CAMILLE.

C*Amille*, encore dans l'enfance,
Avec goût vous formés des pas :
Vous ferés quelque jour briller tous les appas,
Qui peuvent manquer à la danse.

Monsieur ROUSSEAU *& Mademoiselle* CAMILLE, *dansans dans le Prince de Salerne.*

QUelle nouveauté sur la Scene?
Quel prodige étonne mes yeux?
Je ne puis le croire qu'à peine,
Sont ce des Mortels ou des Dieux?
C'est *Cupidon & Terpsicore*,
Qui sont déguisés en enfans;
On les célébre, on les adore,
Quelle gloire pour les talens!

Monsieur CIAVARELLI.

QUe l'on aime le grand *Scapin*
Quand, dans une nuit fort obscure,
Avec le petit Arlequin,
Il fait une Scene qui dure!

Mademoiselle CORALINE.

QUand on vous voit ſur le Théâtre,
Chaque cœur, de vous idolâtre,
Forme des vœux à tout moment:
Epris de vos graces naïves,
De vos façons nobles & vives,
Tout Spectateur eſt votre Amant.

Monſieur ROCHARD *de Bouillac.*

AU Barreau, par ton éloquence,
Tu ſçavois charmer les eſprits;
Tes talens pour les cœurs ſont d'un plus digne prix;
Quand ſur la Scene leur puiſſance
Font éclater les douceurs de ta voix,
En toi on croit voir à la fois
Orphée & le Dieu du Permeſſe.
Quand tu parles à ta Maîtreſſe,
A tous les cœurs tu ſçais donner des loix.
Oui, tu fais paſſer dans notre ame
Le feu ſéduiſant qui t'enflame,
Et des cœurs ſans amour, ainſi que des Amans,
Tu réunis les applaudiſſemens.

Monsieur CARLIN BERTINAZZI.

PEndant plus de vingt ans *Thomassin* dans Paris,
Attendrit dans les pleurs, réjouit dans les ris :
On croyoit que jamais la féconde nature
Ne pouroit remplacer ses gestes, sa figure;
Cher *Carlin*, tu démens tout le monde aujourd'hui,
On dit par tout de toi ce qu'on disoit de lui.

Monsieur VINCENT THOMASSIN.

T*Homassin* plaît beaucoup quand, dans la danse haute,
Il fait briller son ardente vigueur,
Il est bon, quand il est Acteur,
Mais il enchante quand il saute.

Mademoiselle ROSALIE ASTRANDI.

ELeve des brillantes graces,
A l'aurore de ton printems,
On voit voltiger sur tes traces
Tout ce qui forme les talens.

A peine, aimable *Rosalie*,
Comptois-tu deux lustres complets,
Que dans le Temple de *Thalie*
Tu fis admirer tes essais
Je te prédis un destin plein de charmes,
Tu nous enchanteras un jour;
Tu sçais verser de feintes larmes
Qui mouillent les yeux de l'Amour.

Monsieur VERONESE.

PArlons aussi de *Pantalon*.
Dans ce Rolle, fâcheux à toute ame chagrine,
Il brilleroit, avec raison,
Quand même il n'eut pas fait *Camille & Coraline*.

Monsieur GANDINI.

SCaramouche, Docteur, Scapin,
Pierrot, Pantalon, Arlequin,
Tous sont par lui joués avec intelligence.
En sa langue il s'exprime au mieux;
Il dessine, peint, chante & danse,
Et joue encore bien un Rolle sérieux.

Mademoiselle MOLTINI, débutant dans la Serva padrona.

QUand en repréſentant *Serpine*
Tu ſoumets à tes loix un reveſche Vieillard,
Tu dois ta conquête à ton art
Autant qu'à ta beauté divine.

Monſieur BOUCHET, Danſeur.

COmme un roſier fleuri, par les regards de Flore,
Voit éclater ſes tréſors au Printems,
Ainſi dans l'art de Terpſicore,
Bouchet voit chaque jour augmenter ſes talens.

Les Acteurs obmis.

JE ſçais qu'ici j'obmets beaucoup d'Acteurs,
Dont le talent nous intéreſſe,
Et que je puis oublier des Danſeurs,
Qui, par leur vigoureuſe adreſſe,
S'attirent des Admirateurs.

Mais je n'ôte rien à leur gloire,
A leurs talens & leurs charmes flateurs,
Ils vivent dans l'esprit de mille Spectateurs,
Pour eux quelle belle victoire!
De plus, j'avertis mes Lecteurs
Que ce n'est point ici le Temple de mémoire.

FIN.

Lû & approuvé, ce 26 Novembre 1746.

CREBILLON.

Vû l'Approbation du sieur Crébillon, permis d'imprimer. A Paris, ce 27 Nov. 1746.

MARVILLE.

Registré sur le Registre de la Communauté des Libraires & Imprimeurs de Paris, à Paris le 20 Decembre 1746. CAVELLIER, *Syndic.*